# 장미와 나르시스와 전지가위

김려

**시인의 말**

나는
그에게로 가서

다짜고짜 따귀를 갈길 것이다
그렇게 하면
적어도

그가 이해하지 못하는 일 하나 정도는
생길 테니까

도둑맞은 오랜 편지가
굴러다니는 11월
김려

# 장미와 나르시스와 전지가위

**차례**

**1부 빗물의 안부**

나무에게 나무가　　　　　　　11

부겐빌레아　　　　　　　13

딱 그만큼 쓸쓸한 동네　　　　　14

바람의 목에 방울을 달아 주네　　16

방치　　　　　　　18

외도　　　　　　　20

산 하나만 사 주세요　　　　　22

엇,　　　　　　　24

그리고 싶은 그림　　　　　26

떠나는 동백에게 웃어 주기　　28

잊어야 한다면　　　　　29

숙제를 제대로 하지 못했다　　30

평화주의자　　　　　　31

파도를 대하는 조약돌처럼　　32

## 2부 다람쥐에게 나무에게 무덤에게

따뜻한 기억들                           37

악의                                 39

이런 사치스러운 사람                      40

배와 군밤과 코코아                       43

주머니에서 바람을 끄집어내면               45

곁눈질                               46

묵호에서                              48

개의 사랑법                            50

해가 좋아서                            51

대식가                               52

이야기의 무덤                           54

진짜 나쁜 년                           56

했던 말 속의 했었던 말이거나               58

아무도 나에게 노래를 불러 주지 않았다        59

**3부 우리 마음껏 파괴되면서 살아요**

신기루                                                     63

돌고 돌아                                           65

탄생설                                                      66

마지막 소설                                      68

내 고기는 어디 있나                              70

정말                                                        72

측량                                                        74

포옹                                                        76

눈물이 없는 사람                                   78

장미와 나르시스와 전지가위              80

옆집 여자                                           82

파초                                                        84

**4부 소금밭의 낮잠**

달 따러 가자, 천천히 걸어서              89

피에로가 우릴 보고 웃어                 91

꿈이라서 웃었다                                  92

밤의 심장을 조금 찢어 주었다          94

새의 노래     96

청동 거울     98

의안     99

새끼 염소는 잘 크고 있는지요     100

떡 하나 주면 안 잡아먹지     102

나는 드럼을 치고 싶고 너는 책이 읽고
싶었으므로     103

아내를 바꿔야겠다고 생각했다     104

마치 아무 일도 없었던 것처럼     106

저는 아직 다리는 있거든요     107

남은 사촌들     109

비단뱀의 꿈     111

목련     113


**해설**

결여를 거부하는 위악의 시학     114

—이병국(문학평론가)

1부
빗물의 안부

# 나무에게 나무가

죽은 사촌을
나무 밑동에서 만나고
돌아온다

바람의 방향을 잘못 읽어
의족 하나와 빚만 남겨 놓고
떠난

고철 더미 위에
비는 추적추적 쌓이고

그가 남긴 쇠붙이는
바위였다가 사촌의 다리였다가
온천천 왜가리가 삼키려다 뱉은 잉어였던

우리는 이제
아프지도 외롭지도 늙지도 않을 빗물

나무를 키우고 있을 사촌

구름이었다가
물봉선이었다가

방문 닫고
오래 누운 사람이었다가
나무였다가

# 부겐빌레아

대문 앞에 앉아 있곤 했다 엄마가 보고 싶다와 배가 고프다의 크기가 같다가도 배가 고프다의 크기가 더 크기도 했다 쓸쓸함은 주전부리 같아서 씹으면 톡톡 터지다 시간이 지나면 쫀득해졌다

아무것도 아닌 채로 있는 것

외로우면 한쪽 눈은 감기고 한쪽 눈은 크게 떠졌다 아이들이 짝눈이라 놀릴 때마다 한쪽 눈을 더 크게 떴다 자존심도 없었다 뭔가 안 좋은 일이 일어날 거라는 예감은 있었다 생각이 많았다 없는 것보다 있는 것이 많아서 싫었다

아무것도 안 하는 것도 일이었다

머리가 길고 옷을 여러 겹 입은 사람이 길에서 꿈을 팔고 있었다 가진 돈이 이천 원뿐이라 이천 원어치만 샀다 무슨 일이든 이천 원어치만 이루어졌다 부겐빌레아 앞에 앉아 말도 안 되는 이야기를 진지하게 주고받았다

# 딱 그만큼 쓸쓸한 동네


아무 데서나 피고
아무렇게니 진다

꽃들의 부주의

이름이 많은
황갈색 고양이
꽃이 될까 망설이고 있다

바퀴 아래

붉은 발바닥을 가진 꽃은
표정이 없다

너나 잘 있어,
들은 거 같기도 하다

물고기 비린내에

14

모은 손바닥

꽃이 된 자신을 내려다보고 있다

날개 없는 꽃들 위에
날개 있는 꽃들이 새로 핀다

까마귀는 전봇대를 선호하고
비둘기는 꽃이 되기 싫다

# 바람의 목에 방울을 달아 주네

주머니가 많은 대지처럼
오지 않은 그를 은행나무에 앉히네

그곳은 지낼 만한지
왜 그렇게 꾸물대는지

빈손인 적 없던
오일장에 가신 엄마처럼
기다리다 보면 꼭 올 거니까

달의 문을 활짝 열고
무덤 위 풀을 깎고
바람의 목에 방울을 달아 주네

황금빛 리본을 달고 그가 오면
볼이 볼록한 다람쥐처럼 걱정이 없네

아롱거리는 드레스를 입고

핏빛 단풍나무 아래서 춤을 추네

머리에 왕관을 쓰고
날 위해 먼 곳에서 오네
마술 지팡이를 쥐고 황혼을 노래하네

겨울이 수런거리기 전에
한 번이라도 더 춤을 추네

# 방치

돌들은
곧 비가 될 것이디

여자가 접은 종이학에는
십장생의 시간이 접혀 있었다

바람이 찾아와서 일러 주었다
돌에 맞아 죽은 전생

비를 맞지 않아도 아팠고

나로 돌아가기 위해 무너뜨리는 것
돌탑을 만드는 사람이 돌탑을 꿈꾸는 것처럼

올 것이 왔다

눈 아래 언 땅
부러진 갈비뼈 위로 돌이 가득했다

죽은 나무들이 일렬로 서 있었다

일몰은 사실과 달라서
스러짐을 받아들이면 따사로웠다

신발이 없어서 울고 있는데
발 없는 사람이 웃으며 지나갔다

어느 모퉁이에서나 숨죽인 내가
손을 흔들며 기다리고 있었다

종이학을 타고 날아도 아팠다

# 외도

꿈속에 전화기를 두고 왔다

우습다고 생각하다 까무룩 잠들었다

매는 왜 숲에 불을 지를까

침대 모서리에 전화기가 있다

낯선 사람이 침대에 누워 있다

아직 자고 있다

매가 불씨를 떨어뜨려

침대가 타오르기 시작했다

아직 자는 그를 깨우려고 물을 한 바가지 부었다

그가 벌떡 일어났다

자다가 뭐해 너랑은 도저히 못 살겠다

나도 그래, 자기야

불난 집에서 뛰쳐나오는 토끼를 잡아채기 위해

매가 급강하했다

생시인 듯 전화가 울렸다

# 산 하나만 사 주세요

아이와 야간 산행을 한다
산 아래 별들에게 산 위의 별들이
손을 흔든다

엄마, 내가 빨리 자라 돈 많이 벌어서
이 산
선물할게요

산은 사는 게 아니란다

산길에서 만난 새 할아버지
금정산 새는 모두 자기 거래
자기가 키웠다고 자길 보면 웃는다고

내 새도 있는데 내 점심 도시락도 나눠 줬는데
욕심쟁이 할아버지처럼 되기 싫어서
꿈을 접었다

참나무 아래
둘이 앉기 딱 좋은 바위
작은 샘과 표주박

이만큼이라도 갖고 싶어요

사랑은 모든 사람의 것이라서
이미 네 것이란다

사 달라는 말과 사 준다는 말
지나간 시간이 돌아오고 있다

## 쉿,

  그는 팬티 바람으로 젖은 신발을 거꾸로 신고 왔지
퇴근 후 한잔하고 오는 길에 벽돌을 든 사람이 양복을
벗겨 갔대 이튿날은 큰아이가 술에 취해 날았고 하천
바닥에서 입이 찢어진 모습으로 발견되었다지 열여덟
살이었어

  술 향기가 단칸방을 칡덩굴처럼 휘감았지 아직 남은
딸과 두 아들이 있으니까 못 할 일이 없었지 새벽부터
밤까지 남의 몸을 씻었어 깨끗하게 해 주는 건 좋은 일
이잖아

  배롱나무꽃이 몇 번 피었다 졌어 피멍 든 손톱들 골
목에 쌓였지 꽃이 자꾸 진다고 찬장에 감춰 둔 술을 찾
다 딸이 돌로 변했지 장례식장에 가지 않았어 둘째도
막내도 마시면 웃었지 취하지 않으려 안간힘을 쓰면서
늘 취해 있었어

  자식들보다 오래 살았어 가족사진 속에만 있는 사람

으로 집에 혼자 남아 귀신처럼 울었지 어느 그믐밤 별이
안부를 물으러 왔어 토우처럼 바닥에 엎어져 있었지 별
빛은 벽의 갈라진 틈으로 손을 집어넣어 오래오래 몸을
씻어 주었어

# 그리고 싶은 그림

요고리 김해 김씨 집성촌 재실 앞
오백 세 된 은행나무 이르신 계신나

그 아래 찌그러진 놋대야 웅크린 개집
비닐 커튼 사이로 신음이 새어 나온다

별들이 물을 끓인다

뒷산 오르던 달은
무안 농장에서 일만이에게 시집온 복실이
배가 부르다 했더니 종일 앓다가
새끼 셋을 낳았다

깊은 밤이 끓여 준 미역국

복실이가 몸을 풀자
거저 얻은 새끼를 일만이는
풀씨 같은 생명을

밤새도록 핥고 또 핥았다

늦가을 비가
손님처럼 내린다
은행나무 할아버지 벌어진 입술 사이로
틀니가 반짝인다

# 떠나는 동백에게 웃어 주기

침을 세게 뱉습니다 흙이 파입니다 흙이 무슨 죄가 있습니까 괴롭히지 마세요 나는 뱉을 땐 뱉는 사람이요 그는 나마저 복종시키려는 듯 주먹을 지르면서 고함칩니다 내 몸은 끄떡없습니다 그는 손바닥에 침을 발라 머리를 쓸어 넘깁니다 나를 흘겨봅니다 내가 눈길을 피하지 않았다는 사실이 믿기 어렵습니다 노려볼 때마다 '잘못했습니다' 하다 보니 정말 잘못한 것 같은 느낌이 듭니다 또 걸려들었다고 생각하니 눈물이 납니다 나를 좀 가만 놔두세요 내가 뭘 알겠습니까 나는 흘길 땐 흘기는 성미요 그가 침울하게 말합니다 구름을 먹고 사는 머저리들에게 진저리가 쳐져 도대체 언제 겨울이 오겠소 그의 목소리가 어찌나 축축했는지 비가 내릴 뻔합니다 그는 나를 밟아 납작하게 만들어 누군가 뱉어 둔 가래침 옆에 두고 가 버립니다 겨울은 다시 올 것이므로 기다리는 것이 당연합니다 철 지난 꽃들은 웃음도 울음도 고픕니다

# 잊어야 한다면

우선 비가 와야 하고
촉촉한 음악이 흘러야 하고
행여나 그 사람인가
또다시 바라보고
이런 가사의 노래면 더 좋고
커피에 조금 취해 있어야 하고
배도 약간 고파야 하고
눈앞에 무작정
비를 맞는 커다란 산이 있어야 하고
엎드려 우는 큰 산의 모가지를
구름 한 자락
스카프처럼 휘감고 있어야 하고
나뭇잎을 마구
떨구는 나무 아래여야 하고
바람의 뒷모습도 슬쩍 보여야 하고
무엇보다
혼자여야 하고

## 숙제를 제대로 하지 못했다


쥐를 잡아, 꼬리를 잘라 오라고 했다 나는 숙제를 미루거나 안 하거나 못 하는 사람 수챗구멍 앞에서 생쥐를 기다렸다

안 보는 척하면 나왔다 돌아보면 들어갔다 그 조그만 머리와 새까만 눈과 친해지고 싶었다

생선을 구울 때마다 대가리가 사라진다고 어린애가 식성이 별나다며 엄마가 웃었다

밤중에 수챗구멍 앞에 생선 대가리를 놓아두고 아침에 가 보면 없어졌다 가끔 머리를 내밀고 나를 기다리기도 했다 창고 바닥에 분홍빛 새끼 일곱 마리가 있었다

셔츠에 그들을 싸서 옷장 서랍 안에 두고 보살폈다
엄마한테 들켜서 쥐 잡듯이 맞았다 새끼들이 털옷으로 갈아입는 것을 볼 수 없었다

# 평화주의자

봄볕에 홀린 머스크\*가
살피꽃밭을 따라 타박타박 걸어간다

개나리꽃을 입고
돌멩이를 뛰어넘고

넝쿨이 나오면 허리를 낮추고
벚꽃잎에 귀를 문질러 보고
새로 난 풀꽃에게 인사하고

오리나무 밑동에 무어라 속삭인 후
대답을 기다린다

우리 집 쪽을 한참 내려다본다
동백나무 생각에 잠겼다가
엉덩이 한 번 쓰윽 문지르고

금정金井의 봄날
풀을 밟지 않는다

\*들고양이.

# 파도를 대하는 조약돌처럼

이미 일어나 버린 일
기도는 이루어지죠
흐르는 대로 살고 싶어
모르는 곳에 닿으면
닿은 곳이 어디인지
자다가 울고 먹다가 울고
아직 울겠지요
파도를 대하는 조약돌처럼
사약의 형을 찾는 절실함으로
그런 사람 아니라고
그런 사람 어때서
사람들 다 거기서 거기라고
빈집인가 싶어
빈집처럼 누군가 찾아와 주길 기다리다가
웃기 싫을 때마다
웃어도 괜찮겠지만
바다는 울어도 나뉘고 기침해도 나뉘고
내가 웃으면 우는 조약돌

울면 웃는
기침하면 기침하는
사람이 되기로 해요
어떤 사람이 되더라도 아침이면
오늘아,
사랑한다 내게 와 줘서, 라고
말하세요

# 2부
## 다람쥐에게 나무에게 무덤에게

# 따뜻한 기억들

해가 뜨지 않았다 낙엽이 거리를 쓸고 다녔다 항문이 막힌 개를 안은 여자에게 이천 원을 주었다 여자는 거지가 아니라면서 받지 않았다 대신 감자 핫도그 두 개를 사 주었다 한 개는 친구에게 주세요 개는 두 개를 다 먹는 여자의 입을 바라보았다

개 두 마리에게 저녁 식사로 먹을 빵의 반을 나눠 주었다 작은 놈은 빵을 먹고 큰 놈은 손을 물었다 손이 물렸다고 저녁을 거를 수는 없었다

분노 없이 개를 때리는 사람들을 말리다 얻어맞았다 두 팔을 뒤로 붙잡힌 채 무릎으로 얼굴을 맞았다 이가 나가고 코뼈가 부러지고 얼굴뼈에 금이 갔다 경찰서에서 조서를 쓰고 병원에서 치료를 받았다

*

그와 친구가 되었다 세련되지 못한 고시 공부를 막

시작했을 때였다 고시원 생활의 리듬을 따라가느라 변
수나 세면장에서 서둘러 인사를 하 는 것이 고작이있다
흔들리는 사다리를 한 손으로 잡고 선택한 옥상에서 우
리는 더 친해졌다

　그는 너무 다정했다 나 대신 개를 똘똘 말아서 물탱
크 안으로 사정없이 던져 넣었다 평범한 사람이 아니어
도 나는 그를 사랑했다

## 악의

손만 대도 흘러내린다
빗소리보다 요란하게 천창 위에 떨어져
바닥으로 구른다

해 질 무렵
텃밭과 샛길에
살구가 수북하다

살굿빛 노을이
둥근 해를 품고 저녁을 줍는다

채반에
지긋이 누운 빛들

한입에 넣어
몽글몽글 굴리다가
가죽과 살은 삼키고
뼈는 뱉어 낸다

입을 싹 닦는다

# 이런 사치스러운 사람

이렇게 슬픈 이야기가 어디 있냐고
이야긴 언제고 변한다고

벚꽃 떨어질 때
이런 게 사랑이라고
머리카락 쏟아져 내릴 때

가발을
벗어던지고 운다

동화 속 주인공은
긴 머리카락을 잘라 시곗줄을 산다

*

봄이면 여름을 다시 볼 수 있을까 엄마가 오기로 한
것 같은 기분 그렇다면 꿈이다 오늘 나는 식도암 다발성
전이라는 병명을 얻는다 계란 하나에서 노른자가 둘이
나 나온 날이다 라면에 계란을 넣어서 먹는다 가을을

기다리는 마음은 기다릴 것도 없는 사람 같아 누구도 찾아오지 않길 바란다 못 볼 줄 알았던 엄마가 성큼성큼 걸어와 우린 서로의 저쪽에 있다 없는 엄마가 있다는 것도 사치다 거울에 비친 모습이 싫으면 내일은 오늘보다 더 좋은 일이 생긴다

*

누군가 내 손발을 묶는다
어깨 위에 올라탄다
통증은 반복적으로 나를 찌른다

움켜쥐고 있던 것들을 놓는다
그것은 공포의 값,

통증이 깊을수록 마음이 놓인다

패치를 붙이고
모자라면 한 장 더 붙이고

깨어나지 않기를 바란다

슬픈 이야기는 얼마든지 있다

# 배와 군밤과 코코아

그 여관에는 열여섯 가구가 살았다 엄마는 새벽 네 시에 나가 밤 열 시에 들어왔다 엄마 주려고 과일 가게 아저씨 몰래 배를 훔쳐 와 신발장 안에 감춰 두었다 엄마를 기다리다 잠이 들었다 아침에 술이 덜 깬 아버지가 배를 먹어 치웠다 과일 가게 아저씨는 알고 있었다 사과 상자를 날라야 했다 여덟 살이었다

아버지가 밥상을 엎을 때 네 형제는 울었다 엄마는 내일 밥해 먹을 쌀이 있다고 울지 마라 했다 쌀만 있으면 괜찮구나 옆집 승복이 할머니 집 항아리에서 돈을 살짝 꺼내 왔다 쌀 한 되를 사서 쌀독에 붓고 남은 돈은 납작만두를 사 먹었다 엄마가 쌀이 많아졌다고 웃었다

첫눈이 일찍 내렸다 낮에는 군밤 장사를 했다 누나의 담임 선생님은 매일 군밤을 사 갔고 내가 좋아하는 여자애는 눈을 흘기며 지나갔다 밤에는 용두산 공원에 가서 자판기 밑을 더듬었다 동전 몇 개는 꼭 떨어져 있었다 따끈하고 달콤한 코코아가 세상에서 제일 맛있었다

어느 날 아침 아버지가 눈을 뜨지 않았다 그해 크리
스마스에 아버지의 술값이었을 돈으로 엄마가 제과점
에서 고급 빵을 사 왔다 아버지가 없어서 행복했다 할머
니는 허리와 손가락이 굽은 딸에게 주려고 지네를 잡아
와서 고아 먹였다 나는 꿈속에서 지네에게 코코아를 실
컷 사 주었다

# 주머니에서 바람을 끄집어내면

노천 번개시장에서 만난 파랑새 머리는 작고 배는 투
명한 유리 길이가 다른 삼만 여섯 개의 바람에 부딪쳐

무지개를 연주하는 빗방울 영롱하게 반짝이는 소리
심장 반쪽을 내주고 한지에 싸서 종이 상자에 담아 왔다

다리를 끈으로 묶어 창문 앞에 걸어 두었다 내가 행
복할 때 새는 발가락부터 잃어 갔다 어느 날부터 반짝
이지 않았다

얼굴은 헝겊에 싸서 다른 곳에 감춰 둔 것 같았다 지
키는 것이 어려웠다 날개를 붙잡고 흔들었다 몸통이 바
람에 스치기만 해도

어디론가 가 버릴 태세였지만 나는 놓아줄 생각이 없
었다 나 때문에 돌아가는 것이 아니었다 단지 스스로
돌아가는 것일 뿐

# 곁눈질

냅킨을 펼치면서
민들레가 핀다

포석 사이로 코를 내밀고

드러눕고 있는
들판의 편에 서서

사람들이 아직도
남의 땅을 차지하고 있는지

형제들을 풀어서
도로들을 좀 들쑤셔 놓아야 할 시간

꼬마 벌과 거미와 무당벌레를
초대해도 괜찮을지

조심스레 훔쳐보고 있다

나비를 기다리는 마음으로

기막히게

사이좋게
오아시스를 나눠 갖고

웃고 뒹굴고
천천히 움직이고

버려진 군화 속에서도 활짝 웃으며
어울려 살아도 좋을지

피고 또 핀다

# 묵호에서

자기 목소리가 어떤지 자꾸 묻는
바람이 있다

한겨울 보름달은 등대에 앉아
어디 한 달살이 할 곳 없나 둘러본다

바람 소리가 무서운 묵호항
어릴 때 운동장이 자라는 동안

어제 안겼던 여인의 꿈속에서
나는 여전히 걷고 있을지도 모른다

날마다 누추해지는 방종

뽑기 방에서 뽑은 인형을 안고
모닥불 앞에 앉는다

불도 머리가 있고 체온이 있어

바람의 방향을 바꾸는데

왕복 9차선을 건너는 통통한 불안
남루한 침대에서 삐걱댄다

오늘 밤도 나를 버린 선창가를 헤아린다

# 개의 사랑법

녀석이 습지로 가는 까닭은 반딧불이 나는 저녁이 아름다워서가 아니다 목줄을 건너가는 상처가 구름 사이로 떠다니지 않게 물수제비 돌에 매달아 던져 버리기 위해서다

꼬리를 흔들다가도 발톱을 꺼내고 송곳니를 드러내는 녀석은 인간을 물지 않는다 인간은 고작 남의 둥지에 있는 알을 훔치고 가짜 알을 넣거나 싫증이 나면 어디에나 버릴 뿐, 목덜미에 이빨을 박아 넣어 확인할 것이 없다

자신만의 동물계에 갇힌다 사랑을 지키기 위해 이빨을 깨트리고 심장에 올가미를 채운다 까만 눈이 뒤통수에 붙은 바람과 노래하는 것들을 향해 벌린 입을 악문다 미움을 무르려고 안으로 철심을 박는다

다른 개를 사랑할 가능성까지 마법 같은 것 그도 다른 그와 별반 다르지 않다 밧줄로 목을 묶고 기다림에 송진을 발라 오래 부패한다 냄새가 사라진 시즙 위로 구름 한 조각 머문다

# 해가 좋아서

　식당에서 밥을 먹는데 알 듯 모를 듯한 말들이 침과 욕과 날아왔다 마음속으로 열을 세다가 왜 그렇게 사느냐고 물었다 아저씨는 알아듣지 못할 말과 욕을 비벼 떠들다가 갔다 잠시 후 어린애가 다가와서 찌개에 비눗방울을 불어 넣었다 도대체 다들 나한테 왜 이러냐고 소리쳤더니 자기가 잘못한 거 다 알고 있다면서 혀를 내밀고는 달아났다 밥을 남기고 집으로 오는 길에 시장을 지나왔다 이가 하나도 없는 할머니가 상한 생선을 말린다고 소쿠리에 늘어놓았다 해가 좋아 그러시나 본데 아마 절대 안 마를걸요 한마디 해 주고 집으로 왔다 옆집 아줌마가 벨을 눌렀다 자기 친정집에 정화조 푸러 온 것을 알려 주러 왔다고 했다 문을 열어 주지 않고 방범창으로 내다봤다 그녀는 문 앞에서 자기 엄마 흉을 실컷 보다가 작별 인사도 없이 가 버렸다 이사하려고 꺼내 둔 물건처럼 걱정이 많았다

# 대식가

그날 밤 아내의 꿈에 황토 집 흙담에서 커다란 지네가 기어 나오는데 내가 나무젓가락으로 집어 들어 라이터 불로 구워서 삼켜 버리더란다

나에게 반해서 매일 내 꿈 꾼다는 옥이에게 카페를 차려 주고 싶었다 오빠라고 부르면 애간장이 녹아내렸다 오빠가 부르면 얼른 보고 싶어서 세수와 화장을 미리 해 놓고 기다린다는 옥이 무엇이든 다 해 주고 싶은데 돈이 없다

훗날 은퇴하면 함께 들어가 살자고 아내가 궁산 벽촌에 지어 둔 황토 집이 생각났지만, 깡촌의 집은 도시의 집처럼 돈이 되지 않았다

십 년 동안 소식 없던 부동산에서 전화가 왔다 값을 잘 쳐서 받은 돈을 차용증도 받지 않고 옥이에게 주었다 아내가 옥이를 찾아갔다 "웃돈 얹어 줄 테니 돈도 남편도 너 다 가져."

밥도 세 숟가락밖에 안 먹는, 겁이 많아 밤에 혼자 잠을 못 잔다는 옥이가 놀라 달아났다 그러고 보니 나는 옥이가 옥이라는 것만 알았지 그녀의 성姓을 몰랐고 그동안 식사 한번 함께 한 적 없어 옥이의 식성을 알 기회는 더더욱 없었다

# 이야기의 무덤

사내들이
묘지 앞에 모여 있다

사흘 낮 밤의 음주가무 사이에
해설 같은 바람이 분다

'작가들만 골라 한꺼번에 자루에 넣어
언덕 밑으로 굴려 버려'

무덤은 무너질 테고
흑회색의 곰팡이들이 생몰 연대를 고치려
비문 주위로 번진다

절필을 찬양하는 사내는
맞춤법이 정확한 사내 입에 A4용지를 구겨 넣는다

달변가의 무덤 위엔 파랑새 한 마리
묘석의 초상화에서 얼굴이 내려온다

'나를 괴롭히는 건 바로 이거야
존재하지 않기 때문에 영원하다고 주장하는
이자의 허리를 분질러야 해'

뒤를 돌아본 건 의도적이었다고

죽는 날에 삐끗한 문맥 말이야
가로세로 뼈다귀를 좀 맞춰 봐

하고 싶은 말은 이게 아니었다고
남들이 이미 했던 이야기의 꼬리를 붙잡아
뭉근한 불에 익혀 나눠 먹는다

자, 이제 그만하자고

# 진짜 나쁜 년

엄마가 빨리 죽었으면 좋겠다고 일기장에 쓴다 들킨다 죽도록 얻어맞는다 엄마는 일찍 죽는다

새끼 치와와를 얻어 온다 수놈인데 공주라 부른다 작은 몸에 까만 눈, 영리하고 착한 공주는 나와 어디든 함께 있다 집에 두고 외출했는데 버스에 먼저 타 있기도 한다

크리스마스이브에 다섯 남자에게 납치당했을 때 집에 도둑이 들었을 때도 공주 덕분에 무사했다 나와 친하게 지내고 싶은 자들은 공주에게 잘 보여야 한다

날마다 울고 난 뒤에야 벽에 걸린 영정 사진을 본다 공주를 선희 집에 보내고 내 평생 그렇게 아파 본 적이 없다 어느 날 선희가 온다 붙잡을 새도 없이 달리는 트럭에 공주가 뛰어들었다고

너무 아파 보여서 자기는 절대 그렇게 죽지 않을 거라

고 정말 미안하다면서 나에게 가장 덜 아프게 죽는 방
법을 묻는다

　물에 뛰어들면 숨이 막힐 거고 눈 위에서 잠들면 너
무 추울 테고 나라면 높은 곳에서 날자, 하며 뛰어내릴
거라고 말해 준다

　물뿌리개로 물을 뿌리며 자기가 비를 내리는 신이라
고, 정신과 약을 먹으니 입이 타서 우유만 먹는다던 선
희가 십 층에서 난다

　나는 뛰어난 능력을 발휘해 운다

# 했던 말 속의 했었던 말이거나

달을 낚시로 잡아챌 수 있다는 최가 원효봉에 이르자 물었다 자기가 죽으면 화장해서 이곳에 뿌려 달라던 말을 기억하느냐고 김은 기억나지 않는다고 대답했다 최가 뾰로통해졌다 김은 자기가 먼저 죽을 거기 때문에 그런 건 기억할 필요가 없다고 그런 부탁은 김보다 젊은 이, 박, 송한테나 하라고 했다 어쩌면 그들이 최보다 먼저 죽을 수도 있겠지만 심혈관이 막혔을 수도, 고관절이 괴사 중일 수도 있다고 어쩌면 암에 걸렸을지도 모른다고 이 말을 들은 최는 기분이 좋은 듯했다 김은 최에게 자기가 한 말은 기억하느냐고 물었다 최는 화장해서 강에 뿌려 달라 한 것 같은데 어느 강인지는 모르겠다고 대답했다 반반 치킨을 좋아하는 김은 강이 아니라 깊은 산속의 계곡에 반 골짜기에 반이라고 말했다 곱게 빻은 곡식과 견과류 가루를 버터와 물로 반죽해서 작고 둥근 공을 여럿 만들어 반은 물고기에게 주고 반은 새에게 주면 고맙겠다고 했다 김은 새가 되고 싶고 물고기가 되고 싶다고도 했다 최는 복숭아가 너무 달다면서 새겨듣지 않았다 김은 김이 죽었다고 해서 최가 김의 부탁을 들어줄 리 없다는 걸 알고 있었다

# 아무도 나에게 노래를 불러 주지 않았다

단장의 미아리 고개를 불러 주었던 화분에서
꽃이 피었다

꽃이 없는 화분 앞에서
노래를 부르다 보면

없는 사람들이 생각나 눈물이 났다

단장의 미아리 고개

며칠 집을 비웠다가 돌아와 보니
새로 피어난 꽃은 시들었는데
노래를 들려준 꽃은 그대로였다

노래를 듣느라
지는 걸 잊었구나

그 후로 나는

다람쥐에게 나무에게 무덤에게
노래를 불러 주었다

모두 나보다 오래 살게 될 나였다

3부

우리 마음껏 파괴되면서 살아요

# 신기루

안개는 하늘에 닿지 못합니다

유리 항아리에 잡아 둔 전갈
야생 메뚜기를 먹여 기릅니다

독은 음식이 필요하지 않습니다

외로울까 봐 한 마리 더 넣어 줬더니
싸우다 한 마리가 죽습니다

더욱더 외로워졌을까 봐
다시 넣어 준 한 마리와는 사이가 좋습니다

키우다 풀어 줬는데
기쁨의 방향인지 슬픔의 방향인지

비틀린 사랑
여왕의 방으로 가는 길은 여왕만 모릅니다

훨씬 더 먼 곳에 있는 신부를 찾고
새끼들을 등에 태우고 화목하게 살아갈 방법

보이는 곳에 없을 뿐

알리바이를 만들어 드립니다
함께 할 수 있다는 사실을 입증해 드립니다

아직도 쓰고 있는 가식의 왕관
무조건 사랑해야 합니다

안개는 위를 쳐다보지 않습니다

야생성을 잃은 동물처럼
슬며시 사라집니다

# 돌고 돌아

작은 새가
벌레를 물고 가다가
큰 새를 만났어요

그 후론
아무런 서사가 없죠,

새끼가 엄마 품에 안길 일도
없는 것처럼요

이러면
너무 슬픈 얘기
지구본을 한 바퀴 돌고 오면

벌레도
작은 새가
되어 있던 시절이 있었죠

# 탄생설

용은 여의주를 물고 치마폭에 뛰어들지 않았고 삼신 할미가 화난 얼굴로 다가왔다고 했다 항금 보에 싸인 잘생긴 아들을 빼앗고 누더기 걸친 못생긴 딸을 주었다고 엄마는 울고 또 울었다 그러나 꿈은 반대라고 하지 않나 또 딸이냐고 아버지가 나를 포대에 돌돌 말아 구석에 밀쳐 뒀다고 했다 죽지 않고 버틴 핏덩이 엄마는 내가 말을 안 들을 때마다 다리 밑에서 주워 왔다고 했다

집 앞을 지나던 장삼 걸친 아저씨 우리 집에 들어와 내가 온유 대왕의 딸이었으나 새들에게 엉터리 길을 일러 준 죄로 인간 세상에 쫓겨 왔다고 했다 전생의 아버지가 붉은 곤룡포를 입고 옥좌에 앉은 것이나 현생의 아버지가 교통사고로 죽을 뻔했지만, 똥물 먹고 살아남은 것도 내 덕이라고 했다 내가 딸로 태어나 당신이 과부가 안 됐다고 했다

내가 사라졌을 때 울며불며 온 동네를 다 뒤졌다고 했다 노을이 다리 가득 넘칠 무렵, 친척 아저씨가 볼일

보고 오다가 영도 다리 위에서 나를 발견하고 너 여기서 뭐 하니 물으니 엄마 찾아왔다더라고 했다 집에 가자고 해도 싫다고 해서, 억지로 업고 가다 유괴범으로 오해받았다고 했다 내가 태어났을 때 하늘에 별이 하나 생긴다든가 하는 그런 일은 없었다고 했다 다만 어느 별 하나가 더 빛나긴 했을 것이다

# 마지막 소설

마흔다섯 살에 췌장암 말기로 시한부 일 년을 선고 받았다 치료비를 짐으로 남기는 게 미안했다 목 좋은 곳에 레스토랑을 차려 주겠다는 약속도 지킬 수 없게 되었다 아내의 골목 식당도 이젠 도와줄 수도 없다는 게 걸렸다.

오래전에 작성한 버킷 리스트 이룰 수 없는 게 대부분이었다 딸내미가 낳을 손주를 얼러 보는 것도, 황혼기에 아내와 발리의 바닷가를 거니는 것도,

그래도 할 수 있는 것 순서로는 세 번째지만 첫사랑인 아내와의 젊은 날을 쓰는 소설가가 되겠다는 약속을 지키기 위해 소설 창작반에 등록했다 단역이지만 〈톨스토이와 도스토옙스키〉라는 연극에도 출연했다 가족과 캠핑도 하였다 뜰채로 물고기를 잡기도 했다

그해 여름은 사진 속의 파안대소로 남았다 봄을 지나 이듬해 여름이 다가오며 입원 횟수가 늘었으나 1년을

잘 살고 건강한 모습을 간직한 채 바다로 갔다

　내가 죽은 지 두 달 후에 모 계간지에서 단편 소설 신
인상 수상자 발표가 있었다 시상식에는 아내와 딸이 갔
다 나는 죽고 나서야 가장 되고 싶었던 사람이 되었다

# 내 고기는 어디 있나

초록색 스타킹을 신는다 머리가 길면 인기가 많을 거야 이젠 네가 벌어서 네 아버지를 돌봐 그가 말꼬리를 끌며 말한다 아빠는 눈을 감고 고개를 끄덕인다 작정하고 마음에 새긴 것은 아니지만, 그 말은 나와 동행한다

효심은 어떤 장점보다 큰 힘을 발휘한다 나는 돈을 벌어야 한다 어린 아버지가 있잖아 어떤 딸은 아버지를 키우기도 하니까 들짐승처럼 아무나 상대하고 나를 기꺼이, 확, 방치해 버릴까 라일라처럼 초록색 스타킹을 신고

샐러드를 뒤섞는다 파프리카는 싫어 아빠의 그릇에만 고기가 있다 나는 고기 없으면 밥을 못 먹잖아 아빠가 말한다 내 고기는 어디 있나 나는 알약을 한 움큼 삼킨다 머릿속 안개가 춤을 추기 시작하면 다 괜찮아져 아빠는 수의를 입고 떠났었다 어쩌면 꿈이었나

그는 하얀 천에 덮여 있어, 속눈썹 하나하나마다 마스카라를 듬뿍 묻혀 눈을 껌뻑일 때마다 거미가 기어가

는 듯한, 내 눈을 볼 수 없다 그러니 두려워하지 않아도
된다 볼 수 없음이 용기를 주니까

　죽은 척하는 걸까 이 세상에 가릴 수 있는 게 있을까
초록색 스타킹을 사 주던 그 검은 바위에 대하여 파란
등대에 대하여 망사 주머니에 든 지렁이에 대하여 쓸쓸
할 때마다 들려오는 기침 소리에 대하여 무서울 때마다
기어 나오던 발 많은 꽃게에 대하여

　오해보다 이해가 편하다 새들이 지나간 자리에도 길
은 생기니까 아빠는 그를 사랑했으니까

# 정말

혀를 깨물었다

무엇을 먹었기에 이렇게 씹으셨나요
의사가 물었고 사과 껍질요
라고 답했다

과육도 아니고 껍질이라니

혀를 기웠다

혀 깨물고 죽지는 않겠구나
간호사 둘이 손을 잡아 주며 말했다

눈물이 말했다
정말 아픈 건 어떤 걸까

정말은 참 재밌다는 듯
입을 벌리고 주먹을 꼭 쥔다

지난봄 나물 캐러 갔다가
돌아오지 않은 정말이 생각났다

돌아오는 길을 잊었겠지

정말
끝났어요, 누군가 말했다

# 측량

실사를 나왔다 담당자는 이마에 川자를 그리고 줄자를 끊어질 듯 잡아당겼다 규격에 못 미쳐 허가를 내줄 수 없다고 말했다

상자 안에 갇힌 벌은 꿀을 찾지 않는다

그의 빨간 코가 눈에 띄었다 얼마나 마시기에 코가 그래요 다정한 척 물었다 내 친구가 김 청장이에요 김 청장 한마디 하자 그의 얼굴이 벌게졌다

세상 뭐 있나요 내가 웃었다

줄자를 느슨하게 잡고 그가 다시 측량했다 충분하네요 정확할 필요는 없지요 통과! 카멜레온처럼 그의 표정에도 보호색이 있었다

커피 한 잔 마시고 복도를 세 바퀴 돌고 그는 돌아갔다 위장을 하려면 벌레가 파먹은 모습까지 흉내 내야 했다

절망하지 말아요 코에 걸면 코걸이 귀에 걸면 귀걸이
라니까요 물건처럼 보이게 진화하는 동물도 있다니까요

나는 김 청장이 누군지 모른다 그는 김 청장을 누구
라고 생각했을까

# 포옹


돼지에게 돼지를 맡기고 왔다


돼지가 돼지를 잘 보살피는지 감시하려고
나팔꽃을 심었다


돼지는 종일 자고 종일 꿀꿀거렸다


돼지가 돼지를 혼자 두면
돼지는 엄마 몰래 돼지를 찾아왔다


함께 있으면 마음이 놓였다
돼지는 문을 향해 울부짖을 때 말고는
잠만 잤다


*돼지야 미안해*


오늘은 분꽃을 심고
내일은 통창 비누칠해 닦고

모레는 어항 물때 닦고
글피엔 돼지 이름을 써 보고
그글피엔 지워 보고

이름을 불러 보고
다 집어치우고

나팔꽃을 뽑든지
돼지를 데려오든지

같이 있고 싶은 것

코와 꼬리가 닿게 몸을 둥글게 말고
그냥 같이 있기만 하는 것

# 눈물이 없는 사람

골목 모퉁이에 쭈그리고 앉아 있을 때도 있고 기대어 있을 때도 있고 유모차에 주인을 태운 채 끌고 나올 때도 있다

눈을 감으면 숲속의 나무가 보이고 눈을 뜨면 숲과 눈을 마주치기 위해서 숲과 나무 사이에 서 있다

그가 바람에 흔들리는 것은 고향에 가고 싶기 때문이고 몸을 가지지 않는 이유는 넘어지지 않기 위해서다

그에게 말을 걸면 안 된다 집까지 따라오기 때문이다 그가 집에 찾아올 때는 보일러실에 작은 새가 나타난 다음이다

캔을 연 것으로 여기겠지만 어쩌다 모든 문제를 해결한 것처럼 느끼겠지만 따뜻한 말과 함께 밥을 주면

내가 그가 되었을 때 그도 나에게 밥을 줄 것이다 눈

물이 없는 사람처럼 사람을 구별하지 않는다

　그를 사랑하는 것으로는 충분치 않다 그러나 밥을
주는 것은 좋은 일이다

# 장미와 나르시스와 전지가위

설거지 솜씨에 홀딱 반하고, 시시는 아프지도 않을 거라 믿는 나르, 시시는 하고 싶은 것도 되고 싶은 것도 없지 시시에겐 나르만 있으면 된다는 나르 생각

갑자기 죽더라도 대접받고 싶어 나르가 베르사체 팬티만 입는 이유 베르사체 팬티 모르는 사람도 있을 텐데 혹시 누가 팬티만 벗겨 가면 어쩌려고 하는 시시 걱정

엄마와 시시가 물에 빠지면 엄마를 구하고 장미와 시시가 물에 빠지면 장미를 살릴 거야 천진난만하게 말하는 나르 나르, 걱정하지 말아 시시는 용왕의 딸 물에 빠지지 않아 빠지더라도 시시의 아빠가 건져 줄걸

왜 얘는 꽃이 안 피나 얘는 왜 꽃을 안 피우나 어째서 얘는 꽃도 못 피우나 시시가 겨우 살려 놓은 호접란 앞에 전지가위를 들고 앉은 나르, 흙 위로 뻗은 뿌리 정리한다면서 꽃대를 싹둑싹둑 잘라 놓고는 꿈속까지 따라와 아무 데도 못 가게 하고 아무것도 못 하게 하고

호숫가로 억지로 끌고 가 이것 봐 이렇게 큰 거울 속에서 우린 영원히 살게 될 거야 우리는 금세 늙어 버릴 거라고 죽은 뒤에도 꼭 붙어 있을 거라고 고개를 돌려 눈을 찡긋 윙크하는 나르, 나르

# 옆집 여자

행운목에 물을 준다 내가 없어도 잘 살라고 미안하다고 이제 꽃도 피우고 잘 자라라고 그러디 문득 행운목이 나보다 더 오래 살았을 거란 생각이 든다 말투를 해요체로 할 걸 그랬나?

살모사였다가 이내 암컷 사마귀가 되는 여자 부모 없이 동생들과 빚뿐인 여자 잘 때는 홀딱 벗고 누군가의 입속에 손가락을 넣어야 잠이 드는 여자 내세울 건 젖꼭지뿐 젖가슴을 더듬지 않아서 슬픈 여자 로터리에서 도넛 가게를 하는 여자 새끼손가락 자르고 아이 넷 두고 도망가 버린 여자 일이 너무 많아 일터가 집이 되었다며 차라리 죽겠다는 여자 밤이면 두고 온 아이들 눈물 냄새에 가슴을 도려내고 눈물 웅덩이에 빠지는 여자 버둥거릴 때마다 행운목을 붙잡고 기어 나오는 여자 있는 힘 다해 기어 나와도 새끼 냄새는 남아 있어 점점 독해지는 여자

행운목에 물을 주다가 내가 없는 동안에도 잘 살아

있었네 고마워 이제 꽃망울도 맺었으니 편해지거라, 말
하다가 어쩌면 나보다 더 지쳤을 거란 생각에 죄송합니
다 이제 꽃도 맺었으니 그만 쉬세요라고 말한다

# 파초

저기
로터리에 서 있는 파초 보이지,
형이 물었다

아니,
형한테만 보이나 봐

파초가 다가오면
풍선 묶인 실을 손목에 감고
보자기를 어깨에 두르고
우산을 쓰고 뛰어내릴 거야

형은 결심한 듯
옥상 구석에 오줌을 누고
지퍼를 올렸다

봐,
저기 저 웅크린 나팔꽃

혼자 있으면 저것이 내 주위를 맴돌아
내 방을 거닐어
종일 나를 지켜보고 있지

아무 문제 없을 거예요, 형

난 발밑의 풍경을 밟으며
한없이 날아오를 거야
형은 울음을 참으며
아가씨 모양의 방석을 꼭 끌어안았다

행운을 빌어, 형

형이 날아오르자
죄책감이 눈물처럼 떨어졌다

나는 개쓰레기야

욕하지 말아요, 형

우리 마음껏 파괴되면서 살아요

# 4부

## 소금밭의 낮잠

# 달 따러 가자, 천천히 걸어서

생일 케이크의 촛농 냄새

발목에 찰랑이는 유리 조각들
폭풍우가 휩쓸고 간 사바나의 초원 같아

걱정하지 마, 반짝이잖아
다음날은 먹어 버리자

자, 촛불은 꺼야지
소원을 빌기 전에 높은 곳에 올라서면
바닥을 보게 된다

조심해야지

흔들리는 엄마
콜라가 먹고 싶어요

어리다고 기억 못 하는 건 아닌데

무슨 맛이었는지 기억이 안 나

정말 사랑한다고 말하며
술에 취해 온 엄마

*살려 주세요*

엄마에게 슬프지 않게 웃어 주자
감감한 바닥도 개의치 않고

한쪽 눈만 감고 자는 척한다

그래도
엄마뿐인걸요

# 피에로가 우릴 보고 웃어

잘 차린 생일상에 발라 놓은 게살을 먹다 말고 왜 이리 잘해 주느냐고 불안해서 살 수가 없다고 화를 냈다 먹으면서도 화를 낼 수 있다니 내 꿈이 아니어서 잘 모르겠다 구운 생선에서 가시가 나오자 자기를 골탕 먹이려고 생선 살에 가시를 감춰 뒀다고 도대체 무슨 큰 그림을 그리느냐고 했다 가시가 심장에 박혔다 그는 내게 어디가 아프냐고 물었고 네가 죽어서 밤새도록 울었는데 왜 살아 있느냐고 이렇게 살아 있을 줄 알았으면 그렇게 울지 않았을 거라고 했다 개꿈은 그를 괴롭혔고 나를 괴롭혔다 먹을 건 많은데 입맛이 없다고 먹으라는 건지, 말라는 건지 도무지 모르겠다고 숟가락을 놓고 방으로 들어가 문을 잠갔다 젓가락으로 문을 따고 들어가 사과했다 내 꿈이 아니어서 잘 모르겠다고 그는 내가 너무 잘 웃어서 외롭다고 했다 나는 프로작 한 알만 먹어 준다면 어디에서도 웃지 않을 자신 있다고 말했다

## 꿈이라서 웃었다

맴돈다
떠내려간다

자면서 또는 자려고 시간을 보내는 것도
시커먼 머릿속도
지겹다

꼬락서니
안 봐도 되게

고맙게도
팍 엎어져서
시원하게 휘돌다가
죽게 돼야지

손뼉 치고 싶은 마음과 달리

달린다

발바닥이 찢긴 채
물살에 이리저리 부딪히며

살아서 마지막 하는 일이
하필이면 이 꼴로

나는
목이 헐거운 듯
머리가 젖혀진 나를
소용돌이에서 건져 낸다

차갑다
이렇게 끝날 줄 알았으면 더 애써야 했는데
우는 내가 이해 안 돼서 울고 억울해서 또 울다가

꿈이라서 웃었다

# 밤의 심장을 조금 찢어 주었다

홍수로 불어난 강물에
태양이 빠져 죽을까 봐

나뭇가지에 정오를 묶어 두었다

소금밭에서 낮잠을 즐기다 산 채로
죽을 뻔했다

사막의 모래와 모래만 남아서
몸 누일 곳을 찾아 두리번거리는 여우

눈을 반짝이며 이야기를 들어 주는 사막여우에게
사과 반쪽을 조금 찢어 주었다

이튿날 찾아온 늑대 때문에
사막과 노는 여우에 대해 말할 수밖에 없었다

모래톱에 빠진 태양을 건져 올리느라

금을 녹여 마시는 지평선을 만나지 못했다

벽돌 몇 장 남아 있는 성벽에
어린이와 ■관계하지 마시오, 라는 말이 지워지고 있
었다
신이 되기 위해 죽는 사람도 있었다
집에 가고 싶었다

# 새의 노래

어쩌면 나무의 노래

새들은 씩씩하게 얼어 나무 밑으로 온다
나무는 새들이 집을 짓기 위해 심어 놓은 것

글쎄, 난 항상 누군가에게 짐이 되는 것 같아

새들은 무럭무럭 늙어 가는데
나는 나를 버릴 준비가 되어 있다

멀리 날아간 씨앗처럼 쓸쓸했다

아프면 웃었다
모자를 쓰고 웃었다

날갯짓하면 날개가 생기는 줄 알았다

꿈도 없는 뿔

제 몸을 들이받는 버릇 없는 뿔

방문을 열자
작은 머리의 내가 서 있었다

꿈속의 주소를 적어 주었다
주소를 보고 밤에 비가 찾아왔다

샐비어 옆을 걷는 비둘기 발같이
내가 누군지 모르게 되었다

엄마는 나보다 하루만 더 살고 싶다고 했다

# 청동 거울

물고기 한 마리가 물을 갈랐다
바라보는 것이 좋았다

금붕어가 나를 보았다
내가 웃었다 금붕어도 웃었다

나뭇가지에 올라앉은
금붕어가 나뭇가지 사이를 헤엄쳐 다녔다

나는
나무 한 그루를 오래 바라보았다
나무가 바라보는 내가 보였다

내가 너무 많았다

숲이
바람을 따라갔다

아무것도 없었다

# 의안

의사가 창을 두드린다 복도에 새가 떨어져 있다고 손가락으로 숲을 가리킨다 앙다문 새의 눈이 바람에 쓸린 깃털이 부스스하다

두 손으로 받쳐 올려 창을 열고 숲 쪽으로 보낸다 볶고 있는 콩처럼 허공을 통통 튀다 날아간다

의사는 왜 초록 눈알을 끼웠는지 새는 어느 고독한 전장에서 다쳐 병원을 찾았는지 눈은 떴는지 밤의 숲에서 혼자 살 수 있는지

병실은 외투 안주머니 같은 새 둥지여서 부서져야 하는 것을 부수는 밀실이다

의사는 보이지 않는다 의사가 새였나 새가 나였나 알코올 냄새가 숲에서 내려오고 있다 날개를 떼어 낸 것 같은 기분이 든다 눈앞이 캄캄하다

# 새끼 염소는 잘 크고 있는지요

밀려오는 봄에 멀미 납니다

뼛속 깊이 박혔던 시름이 풀리면서

봄비가 내립니다 흙의 마음을 헹구어

시루떡 쌀가루처럼 기분 좋게 젖습니다

텃밭에서 봄을 캡니다

연두 빗줄기도 금빛 바람도

복잡한 심사 잠깐이나마 씻어 냅니다

초산이라 너무 짧은 생이라

향기로운 꽃 피우라고 금목서 밑에 심었습니다

느슨하게 쥐어 날아가 버린 염소 한 마리

봄을 가득 채우고 있습니다

# 떡 하나 주면 안 잡아먹지

옥이 아버지는 평상에서 종종 술을 드셨다 나는 옥이 집에 놀러 가서 옥이랑 놀지 않고 아저씨 옆에 서 있었다 젓가락 끝을 따라 내 고개가 몇 바퀴 돌고 나면 아저씨는 고래 고기 한 조각을 입에 넣어 주셨다 계속 서 있으면 꽁다리 한 조각 더 주고는 이제, 그만 가라 하셨다

단골 장어구이 집에서 소맥 한잔할 때면 이마가 저릿저릿하다 둘러보면 저만치 고양이 한 마리, 전자 빔을 쏘고 있다 한 조각 던져 주면 맛있게 먹고 또 한 조각 주면 더 빨리 먹고 아직 쳐다본다 이제, 그만 가라 해도 안 가고 내가 일어날 때까지 쏘고 있다

내가 밥 먹을 때마다 우리 초롱이 식탁 아래 내 발 위에 앉아 커다랗고 새까만 눈동자를 내 입에 들이붓는다 어디에나 또 다른 내가 있어 나는 초롱이를 삼키지 않으려고 만날 체한다

# 나는 드럼을 치고 싶고 너는 책이 읽고 싶었으므로

우리는 서로에게 욕을 해 댔다 어느 날 갑자기 너는 나를 알아보지 못했다 '어디서 감히'를 입에 달고 살던, 기분이 상하면 방문 잠그고 3개월을 들어앉던 네가 평소답지 않게 다나까체를 쓰며 나에게 다정하게 굴었다 각방 쓴 지 10년이 된 우리 네가 매일 베개를 안고 내 방에 들어와 새로운 체위를 개발했다 일이 끝나면 지금껏 만난 사람 중 당신이 최고라고, 아내가 알아서는 안 되니 무덤까지 비밀을 지켜 달라고 귀에 홍어 냄새 나는 입김을 불어 넣으며 속삭였다 갱년기도 참 독특하게 겪는다 하지만, 너를 목적 그 자체로 대해야 한다는 생각 나는 잠깐 지켜보기로 했다 아침 먹으면 점심 메뉴 걱정, 점심 먹으면 저녁 뭐 먹을까 1차원적 아메바 네가 문득 꽃다발을 주문하거나 귀걸이나 반지 등을 선물하기도 했다 음악을 듣고 오페라를 보러 가자고, 드라이브하자고 마침내 맛이 완전히 간 것 같아 심란했다 하지만 어떤가 나에게 별 손실은 없어서 모른 척 새로운 연애를 시작했다 대충 알고 있어서 편하기도 했다 각자에게 남은 게 줄어들수록 두 사람에게 남는 건 점점 많아졌다

# 아내를 바꿔야겠다고 생각했다

그러니까 김 씨는 잘못이 없다 일하고 놀고 상갓집에 가고 심지어 잘 때도 등산복을 입었다 젊음 하나로 밀고 나갈 연식도 넘어섰고 무엇보다도 왼쪽 엄지발가락이 쿡쿡 쑤신 이후 몹쓸 병에 걸린 건 아닌지 붙잡힌 고라니처럼 뛰었다 이제 좀 살 만해졌는데 언제 죽을지 모른다니

병원에서 올해 예약은 이미 다 찼으니, 내년에나 할 테면 하고 말 테면 말라고 했다 고액의 특화 프로그램으로 종합 건강 검진을 신청했다 당장 오라고 했다 좋은 옷 사 입고 가야지 명품을 한번 입어 보고 싶었다 백화점을 돌아 머리끝부터 발끝까지 휘감았다 제법 잘 어울렸다

검사를 끝내고 남들 다 하는 여행을 가 보자 싶었다 떠오른 곳이 태백 매봉산 고랭지 배추밭이었다 문화 관광 해설사가 직업이 무엇인지 예술하는 사람이냐 물었다 김 씨는 익은 새우처럼 얼굴이 붉어졌다

해설사가 분명히 무언가 하는 사람 같다고 스타일이 심상찮다고 하자 어깨가 올라갔다 배추밭까지 올라가는데 비싼 옷이 땀에 젖을까 봐 전용 택시를 탔다

패셔니스타 선생님은 처음 본다고 택시 기사가 문을 열어 주었다 흠흠 헛기침하며 아내를 바라보던 김 씨의 눈살이 찌푸려졌다 아니 뭐 이런 촌스러운 여자가 내 옆에 앉아 있나

집에 가는 즉시 아내를 바꿔야겠다고 생각했다 못 바꿀 이유가 없지 않은가 그린벨트도 풀렸는데

# 마치 아무 일도 없었던 것처럼

나는 특별한 감옥에 들어가 있었다 이렇게 아픈데도 더할 수 없이 심플하고 정제된 느낌들 없는 팔에서 피가 뚝뚝 떨어지는 것이 보였다 상처 하나하나가 개연성이 라고는 없이 독립적이었다 발등 중앙에 움푹 팬 상처가 유독 생뚱맞았다

발바닥도 아닌 발등의 구멍 나를 넘어서 다른 세계 로 통하는 출구였다 상처 안에 손가락을 집어넣었더니 깊었다 소독약을 붓고 연고 묻힌 거즈를 꾹꾹 눌렀다 구멍을 막아 보려고 애썼으나 채워지지 않았다

구멍을 통해 정처 없이 떠날 수도 있겠다는 생각 곰 곰 들여다보니 발바닥은 뚫을지언정 지구를 꿰뚫지는 않겠다는 확신이 들었다 자기희생적인 인류애에 감동 하여 아픈 것 같지도 않았다 이렇게 합리적인 생각을 할 수 있다니

나는 갑자기 울컥해져서 주머니에 손을 찌르고 다리 를 절며 집으로 돌아왔다 오늘은 저녁이 썼다

# 저는 아직 다리는 있거든요

제 생각인데요 이 세상에는 얼굴이 눈물로 얼룩진 얼굴이 파묻힐 만큼 커다란 가슴도 필요하겠지만 백 미터를 십일 초에 뛰는 데 방해가 된다거나 예쁘고 크고 기능성 좋은 브래지어를 찾다 지쳐 버렸거나 우물 안 빨간 귀신이 자꾸 겨드랑이와 엉덩이를 찔끔찔끔 움찔거리게 만드는 마법을 쓸 때 젖통까지 덩달아 찌릿하다거나 부산대 웅비관 검정고양이가 기싸움에 밀려 옆집 노랑 고양이 모자에게 양보한 밥그릇 물그릇 심지어 맑고 투명한 비닐우산을 찾아 주러 가는데 가슴이 그렇게 중요할까요

3만 년 전에 제가 올챙이와 우물 속을 유영할 때 엄마가 그랬지요 아가미가 없는 물뱀도 얼마든지 있다고 그런 뱀한테 지느러미가 있는 것처럼 하늘거리는 옷을 선물하는 착한 개구리도 있다고 물론 샤워할 때도 그 옷을 벗지 않는 뱀도 있고 아예 벌거벗고 돌아다니는 뱀도 있다고 죽다 살아나면 체질이 바뀐다는 소문 뒷마당 너머 우듬지 안 연못 깊숙이 있는 그 커다란 검은 덩어리

는 다리가 둘 있더라고 저는 그저 친구랑 평범하게 일박
이일 휴가를 보내고 싶을 뿐이라고

# 남은 사촌들

빚이 많은 채로 죽은 사촌이 있어요
주민 센터에 상속 포기 증명 서류를 떼러 갔지요
그는 내 고향이 서천인 줄 알았다며
다른 사람에게도 알려야 한다고 했어요

사촌의 빚이 내 빚이었어요
사촌 언니에게도 상속 포기해야 한다 전했지요
나라에서 해 준 게 뭐 있다고
이런 신고를 하라느냐며 화를 냈어요

집에 오는 길에 들린 노점에 주인이 없어
필요한 물건을 집어 들고 왔어요
애호박 하나와 도토리묵 하나 없어졌다고
생각하면 퍼붓는 빗속에서 노점 주인 마음은 어떨까

묵과 호박을 갖다 두고 마트에 가서
애호박 두 개와 소시지 하나를 샀지요
이슬만 먹고 사는 수컷 반딧불이 짝짓기 후 죽고

사촌이 길에서 죽고 나니 못 해 준 것만 생각나
사촌 몰래 이사해 놓고
남은 자들이나 맘 편히 살자고 했지요
남은 사촌들은 대답이 없어요

# 비단뱀의 꿈

나는 바위에 떨어진 파도야
바람이 즐기는 씨앗이지

바닥을 몰라
바닥을 말하는 사람들

나는 구렁이 아늑한 사람
아무렇게나 태어난 다음 견뎌 냈지

허물을 벗어도 나는 아무것도 되지 않고

다시 나지

꽁초를 주워 피워도
빚이 없고 적이 없고

여기 그냥 있기 위해 사는 사람이지
기어코 매달릴 것이 없지

쏟아지는 비
줄 다섯 개짜리 기타

또 한 번 아니라는 것을 알아 버린

뒷걸음질 치는 어둠에 취하면
외롭고 춥고 배고파서
다음 생엔

뿌리 깊은 나무로 태어나고 싶어
이대로 죽어도 좋지

# 목련

당당한 슬픔

몽환적 봄

생식기에 코를 대고 킁킁
꽃은 쑥스럽겠다

도톰한 꽃잎을 달고
피어나기 무섭게

이내

문드러지는
뒷모습

찬연히 들어와
처연히 퇴장하는

# 결여를 거부하는 위악의 시학

이병국(문학평론가)

## 나무의 노래

김러 시인은 첫 시집 『어떤 것은 밑이 희고 어떤 것은 밑이 붉었다』(파란, 2020)를 여는 「가시꽃」 첫 연에서 "제 몸을 쪼고 있는 새와/제 꼬리를 물려고 맴도는 뱀"을 응시하곤 이내 "돌을 던"진다. 자기 파괴적 면모를 보이는 대상을 향해 그것의 중지를 요청하는 듯한 돌팔매는 의미심장하게 다가온다. 그것은 첫 시집 전반에 맴도는 고통에의 관능에 매혹되는 동시에 부정하는 주체의 최종심급처럼 보이기 때문이다. 마치 잘못 들여놓은 걸음으로 인해 마주하게 된 어떤 불가피함에 나르시스적인 애착을 수행하는 주체의 현시. 그럼으로써 시인은 "자기가 죽은 것을 모르고"(「여여」) "씨앗을 맺기 전에 씨앗이 떨어지기 전에 입 구멍에 제초제를 뿌"(「풀꽃」)리는 자기 파괴를 반복하는 주체의 고통을 우리도 함께 경험하도록 하였다.

연속성의 층위에서 『장미와 나르시스와 전지가위』의 시적 주체의 행위 역시 예사롭게 지나치기 어렵다. 이번 시집의 여는 시 「나무에게 나무가」의 시적 주체는

"죽은 사촌을/나무 밑동에서 만나고/돌아"와 그의 사후를 기록하는데 이는 마치 거울의 왜곡된 반영처럼 느껴진다. "아프지도 외롭지도 늙지도 않을 빗물"로 "나무를 키우고 있을 사촌"을 애도하는 듯하면서도 부재의 쓸쓸함 안쪽에 남은 "쇠붙이"의 흔적처럼 그 무엇으로도 지울 수 없는 상처의 부주의함을 상기시키며 이를 고통스럽게 향유하는 주체의 우울이 시인의 시적 사유에 침잠해 있기 때문으로 보인다. 어떤 면에서 훼손된 존재, 언제든 사라져 버릴 듯하여 그 무엇도 추수할 수 없는 존재의 속절없음이 이번 시집을 횡단하고 있는 듯도 하다. "나무 한 그루를 오래 바라보"면서 "나무가 바라보는" '나'를 감각하고 "내가 너무 많"다고 하면서도 "아무것도 없었다"고 하는 「청동거울」의 시적 주체처럼 말이다. 많음과 없음의 낙차가 기실 아무것도 아님을, 오히려 그것이 '나'란 존재의 소외를 여실히 보여 주는 것임을 시인은 자신만의 시적 언어로 전하고 있다.

하지만 시인은 "아무것도 아닌 채로 있"으면서 "아무것도 안 하는 것도 일"(「부겐빌리아」)이라고 여기는 존재를 내세워 무기력을 결여의 양태로 내버려두지만은 않는다. 오히려 "아무 데서나 피고/아무렇게나"(「딱 그만큼 쓸쓸한 동네」) 지는 부주의한 꽃처럼 영속된 생명력을 지닌 존재로 시적 주체를 재구축하는 데 노력을 기울인다. 당연하게도 이는 녹록지 않다. 그러기에 시인은 "나로 돌아가기 위해 무너뜨리는"(「방치」) 일에 대해 사유한다. 그것은 이 구절이 담긴 「방치」라는 시의 제목과는 모순되는 것 같으면서도 일견 그리 큰 균열을 만들지는 않는다. "일몰은 사실과 달라서/스러짐을 받아들이면 따사"롭게 느낄 수 있는 것처럼 그것은 인식의 전환 혹은 사유의 전회를 통해 충분히 가능한 무엇이기 때문이다.

그런 점에서 "신발이 없어서 울고 있는데/발 없는 사람이 웃으며 지나"가는 것을 통해 결핍을 결여로 여기지 않는 마음의 필요를 생각해 본다. 결핍이라는 정동을 존재론적 상태의 결여로 삼아 존재를 '방치'하지 않는 것, 비록 그것이 "종이학을 타고 날"아가는 어떤 위태로운 위안에 불과하여 아픔을 지속할 수밖에 없더라도 "어느 모퉁이에서나 숨죽인 내가/손을 흔들며" '나' 자신을 기다리고 있을 것임을 포기하지 않는 마음을 길려 시인은 우리에게 요청한다. 그리하여 "피멍 든 손톱들"(「섯,」)로 표상된 고단한 삶에 별빛을 비춰 오래오래 존재의 "몸을 씻어" 줄 수 있도록 말이다. 다음의 시를 통해 그 마음의 일부를 조금 더 생각해 본다.

어쩌면 나무의 노래

새들은 씩씩하게 얼어 나무 밑으로 온다
나무는 새들이 집을 짓기 위해 심어 놓은 것

글쎄, 난 항상 누군가에게 짐이 되는 것 같아

새들은 무럭무럭 늙어가는데
나는 나를 버릴 준비가 되어 있다

멀리 날아간 씨앗처럼 쓸쓸했다

아프면 웃었다
모자를 쓰고 웃었다

날갯짓하면 날개가 생기는 줄 알았다

꿈도 없는 뿔
제 몸을 들이받는 버릇 없는 뿔

방문을 열자
작은 머리의 내가 서 있었다

꿈속의 주소를 적어주었다
주소를 보고 밤에 비가 찾아왔다


샐비어 옆을 걷는 비둘기 발같이
내가 누군지 모르게 되었다


엄마는 나보다 하루만 더 살고 싶다고 했다
　　　　　　　　　　　　　　　—「새의 노래」 전문


　"어쩌면 나무의 노래"(「새의 노래」) 라고 시작하는 이
시는 '새'로 표상된 '나'의 실존적 자기 응시와 사유를 통
해 결핍을 결여로 삼지 않기 위한 마음의 질감을 느끼게
한다. 2연에서 화자는 '새들'이 "씩씩하게 얼어 나무 밑으
로 온다"고 정황을 묘사하곤 이어 "나무는 새들이 집을
짓기 위해 심어 놓은 것"이라 말한다. 선후 관계가 뒤집
혀 있는 듯도 보이지만, 나무는 새들의 안식처로 기능하
는 장소라는 점에서 공감할 수 있다. 흥미로운 점은 그러
한 "나무 밑으로" 오는 새들의 존재 양태가 "씩씩하게 얼
어" 있다는 점일 테다. '씩씩함'과 '얾'의 낯선 조합은 새
의 존재론적 상태를 긍정과 부정 모두를 아우르는 층위
로 이동시킨다. 그것은 동사 '얼다'를 형용사 '씩씩하다'
로 수식함으로써 고통스러운 삶의 수동성에 침식되지

않은 존재의 어떤 활기를 짐작케 한다.

　그러나 3연에서 화자는 새와 나무의 관계와 사뭇 다른 자신의 심리적 정황을 드러내며 모종의 우울을 암시한다. "항상 누군가에게 짐이 되는 것 같"다는 기분. 그것은 "멀리 날아간 씨앗처럼" 화자를 "쓸쓸"하게 만든다. 이는 새의 성장을 "무럭무럭 늙어 가는" 것으로 인식하는 정동과 관련을 맺으며 그러한 정동은 다시 자신을 왜소화하는 것으로 표출된다. "날갯짓하면 날개가 생기는 줄 알았"지만 실제는 그러지 못하고 있다는 것을 자각함으로써 화자는 "꿈도 없는 뿔"이 "제 몸을 들이받는" 것만을 느끼며 절망에 가까운 감정에 휩쓸린다. 날개를 달고 먼 곳으로 날아가지 못하는 "작은 머리"의 '나'는 그저 방 안에 머물며 "내가 누군지 모르게 되었다"고 읊조린다. 무엇이 화자인 '나'를 갑갑한 방 안에 가두고 절망에 휩싸인 채 "아프면" "모자를 쓰고 웃"게 한것일까. 그것이 그저 심리적 고통만을 의미하지 않음은 "제 몸을 들이받는 버릇없는 뿔"이 지닌 어떤 징후로부터 상상할 수 있는 신체적인 문제일 수도 있겠다고 짐작할 수도 있겠다. 그런 '나'를 향해 "엄마는 나보다 하루만 더 살고 싶다고" 한다. 중증 장애나 질병을 지닌 자식을 돌보는 이의 간절한 소망처럼 말이다.

　그런 점에서 이 시는 새를 꿈꾸었으나 고정된 자리를

떠날 수 없는 "나무의 노래"가 된다. 삶의 다른 공간을 지니지 못한 채 그 무엇으로도 이행할 수 없는 결핍된 존재의 노래. 그러나 앞서 언급했듯이 그것이 결여의 존재론적 상태로 전락하지 않는 이유는 그러한 결핍된 자신을 응시하고 이를 언어로 재현함으로써 견딤의 시간을 공유하려는 적극적 의지에서 비롯한다. "씩씩하게 얼어 나무 밑으로" 오는 새들처럼 비록 쓸쓸함을 어찌할 수는 없다고 하더라도 절망에 매몰되기보다는 이를 능동적으로 향유하려는 모습이 얼비치기 때문이다. 이는 「마치 아무 일도 없었던 것처럼」의 화자가 "특별한 감옥"에 갇힌 채 그 무엇으로도 채워지지 않는 "발등의 구멍"을 응시하며 그것을 "다른 세계로 통하는 출구"로 상상하는 것과 그리 큰 차이를 보이지 않는다. "구멍을 막아 보려고 애"를 쓰다 그것보다는 오히려 "구멍을 통해 정처 없이 떠날 수도 있겠다"는 사유의 전회를 도모하는 것처럼 말이다. 그리하여 시인은 결핍된 자신을 "빈 집처럼 누군가 찾아와 주길 기다리"(「파도를 대하는 조약돌처럼」)는 결여된 존재로 방치하기보다는 "기침하면 기침하는/사람", "아침이면/오늘아,/사랑한다 내게 와 줘서"라고 말하는 사람으로 자리매김하도록 이끈다.

## 위악의 수행

결핍된 존재, 혹은 왜소한 주체를 향한 김려 시인의 응시는 고통스러운 현재를 삭제하지 않고 그것을 "한입에 넣어/몽글몽글 굴리다가/가죽과 살은 삼키고/뼈는 뱉어"(「악의」) 내는 것처럼 실재를 부정하기보다 그것의 실체를 충분히 향유하고 발설함으로써 새로운 의미 주체로 전환시키는 힘을 지닌다. 물론 그 힘에는 위악적인 면이 없지 않지만, 그것이 악의에 찬 것이라고 볼 수 없는 이유는 행위를 촉발하는 주체의 정동이 고통을 견디고 이를 감당하는 데에서 비롯하기 때문이다. 「이런 사치스러운 사람」에서 드러나듯 시인은 "식도암 다발성 전이라는 병명을 얻는" 불행을 "계란 하나에서 노른자가 둘이나 나온 날"의 행운과 겹쳐 놓거나 "거울에 비친 모습이 싫으면 내일은 오늘보다 더 좋은 일이 생"길 것이라는 믿음을 나란히 둔다. 그리하여 통증이 야기하는 "공포의 값"을 섣불리 낭만화하거나 부정하기보다 "패치를 붙이고/모자라면 한 장 더 붙이고/깨어나지 않기를 바"랄 만큼 불화의 감각을 분명히 드러냄으로써 "슬픈 이야기는 얼마든지 있다"며 연민을 거둬들인다. 이는 「주머니에서 바람을 끄집어내면」에서 보이는 것처럼 노천 번개시장에서 만난 파랑새의 다리를 끈으로 묶어 창문 앞에 걸어 두곤 그것이 무너져 가는 양을 감당하면서도 놓아줄 생각을 하지 않는 화자의 위악적 행위와 교차한다. 그럼으로써 시인은 존재가 지닌 막연한 희망에 담겨 있는 자기 연민의 허위에 기대지 않기 위해 격렬한 방어 기제를 형상화하는 한편 기묘한 상실감을 선취하여 스스로를 보호하려는 삶의 태도를 성찰하도록 이끈다. 얼핏 폐쇄적이고 자기 파괴적인 것으로 보일 위험이 농후함에도 시인이 그러한 위악을 수행하는 이유는 존재의 결핍을 결여로 삼지 않으려는 데에서 비롯한 고투의 양태인지도 모르겠다.

안개는 하늘에 닿지 못합니다

유리 항아리에 잡아둔 전갈
야생 메뚜기를 먹여 기릅니다

독은 음식이 필요하지 않습니다

외로울까 봐 한 마리 더 넣어 줬더니
싸우다 한 마리가 죽습니다

더욱더 외로워졌을까 봐
다시 넣어 준 한 마리와는 사이가 좋습니다

키우다 풀어 줬는데
기쁨의 방향인지 슬픔의 방향인지

비틀린 사랑
여왕의 방으로 가는 길은 여왕만 모릅니다

훨씬 더 먼 곳에 있는 신부를 찾고
새끼들을 등에 태우고 화목하게 살아갈 방법

보이는 곳에 없을 뿐

알리바이를 만들어 드립니다
함께 할 수 있다는 사실을 입증해 드립니다

아직도 쓰고 있는 가식의 왕관
무조건 사랑해야 합니다

안개는 위를 쳐다보지 않습니다

야생성을 잃은 동물처럼
슬며시 사라집니다

　　　　　　　　　—「신기루」 전문

대기 중의 수증기가 응결하여 지표 가까이에 작은 물방울이 뜨는 기상 현상인 '안개'는 구름과 동일한 생성 원리를 지니지만 그 속성으로 말미암아 "하늘에 닿지 못"(「신기루」)한 채 바닥을 향한다. 시계를 가로막는 안개로 인해 존재는 비가시적 세계로 침잠한다. 시인은 "유리 항아리"에 전갈을 기르는 화자를 내세워 삶의 또 다른 고투의 양태를 드러내는데 안개에 휩싸인 시적 정황으로 인해 예각화된 불안의 정동에 몰두케 한다. 어쩌면 그것은 독을 지닌 전갈의 자기방어 기제와 결핍된 존재의 고독을 나란히 놓음으로써 비롯된 심리적 매혹에 기인한 측면이 없잖아 있다. 화자는 전갈이 "외로울까 봐" 유리 항아리에 "한 마리 더 넣어" 주지만, "싸우다 한 마리가 죽"어 버리는 사태를 맞닥뜨리게 된다. 동류의 존재가 무엇 때문에 서로 싸우고 죽음에 이르게 된 것인지는 시적 정황으로 파악하긴 어렵다. 그것이 전갈의 고유성이라면 "더욱더 외로워졌을까 봐/다시 넣어준 한 마리와는 사이가 좋"은 이유를 설명할 방법이 없다. 두 경우가 지닌 결괏값의 단절이 어떤 불완전함이나 결핍의 표지를 보여 주는지 명확하게 말할 수는 없지만, 전갈에 투사된 화자의 정서적 동일시의 표상만큼은 '외로움'이라는 층위에서 짐작이 가는 바가 없지는 않다. 화자의 행위가 외로움의 정동에서 비롯된 것이니만큼 거기에는 이를 해소하기 위한 수행으로써 동종의, 혹은 동일한 정동을 지닌 존재와의 관계 맺음을 강제하려는 "가식의 왕관"이 깃들어 있다고 미루어 짐작할 수 있을 것이다. 마치 주체의 욕망이 타자의 욕망과 동일한 방식으로 구조화될 수 있다고 믿는 믿음, 그리고 그 욕망을 해소함으로써 결핍을 메꿀 수 있으리라는 잘못된 믿음이 저 강제된 방식으로 수행된 것일 테다.

그러나 그것이 "기쁨의 방향인지 슬픔의 방향인지" 알 수는 없는 노릇이다. 오히려 "비틀린 사랑"의 방식이 강제된 것이라서 올바른 방향을 자신만은 모른 채 수행됨으로써 역설적으로 행위에 깃든 공허를 증명하는 일이 될 수 있다. 안개 속에 갇혀 위태롭기만 한 존재를 "등에 태우고 화목하게 살아갈 방법"을 찾을 길은 요원하기만 하기에 "무조건 사랑해야" 한다거나 "함께 할 수 있다는 사실을 입증"할 수 있다는 믿음은 '신기루'처럼 허무함만을 가중할 따름이다. "안개는 위를 쳐다보지 않"는다는 사실적 진술이 덧붙음으로써 존재는 불가해한 몽상의 잔해가 되어 바닥으로 침잠하고 만다. 그러곤 "야생성을 잃은 동물처럼/슬며시 사라"질 위험에 처한다. 어쩌면 유리 항아리 안의 전갈처럼 김려 시인의 시적 화자는 바깥의 가능성을 응시할 수는 있어도 그것을 위해 항아리를 깨뜨리거나 전복할 힘을 지니지 못한 주체를 어렴풋하게 보여줌으로써 결핍된 존재로서의 우리 현실을 환기하는 것인지도 모른다. "내가 태어났을 때 하늘에 별이 하나 생긴다든가 하는 그런 일은 없"다는 걸 받아들이는 대신 "다만 어느 별 하나가 더 빛나긴 했을"(「탄생설」)지도 모른다는 상상적 위안이라도 삼을 수 있게 시인은 위악을 마치 자기 분열적 도상처럼 우리에게 건넨다.

## 아니라는 것을 알아 버린

분명히 말할 수 있는 것은 김려 시인의 시적 위악의 제스처가 존재를 지키기 위해 궁구된 고투의 양태라는 점이다. 그것은 "코와 꼬리가 닿게 몸을 둥글게 말고" 웅크림으로써 스스로를 지키는 형태로 자신을 껴안는 한편 "같이 있고 싶은" 마음으로 타자를 향해 나아가 "그냥 같이 있기만 하는"(「포옹」) 데에서 오는 위안을 나눌 수 있게 한다. 그것이 공허와 허무를 야기하는 신기루에 불과할지라도 "우리 마음껏 파괴되면서 살"(「파초」)자는 마음으로 '살아가고 있음'에 대한 감각을 키우는 것이야말로 존재를 결여로 방치하거나 내몰지 않으리라는 확신을 불러온다. 「옆집 여자」에서 고통스러운 삶의 시간을 지닌 '옆집 여자'를 행운목과 교차시켜 "잘 살아 있었네 고마워 이제 꽃망울도 맺었으니 편해지거라, 말하

다가 어쩌면 나보다 더 지쳤을 거란 생각에 죄송합니다
이제 꽃도 맺었으니 그만 쉬세요"(「옆집 여자」)라고 말
하는 것과 같이 연민을 넘어 공감의 전언을 건네는 시인
의 마음이 저 우리의 확신 곁에 새겨져 있다.

나는 바위에 떨어진 파도야
바람을 즐기는 씨앗이지


바닥을 몰라
바닥을 말하는 사람들


나는 구렁이 아늑한 사람
아무렇게나 태어난 다음 견뎌 냈지


허물을 벗어도 나는 아무것도 되지 않고


다시 나지


꽁초를 주워 피워도
빛이 없고 적이 없고


여기 그냥 있기 위해 사는 사람이지

기어코 매달릴 것이 없지


쏟아지는 비
줄 다섯 개짜리 기타


또 한 번 아니라는 것을 알아 버린


뒷걸음질 치는 어둠에 취하면
외롭고 춥고 배고파서
다음 생엔


뿌리 깊은 나무로 태어나고 싶어
이대로 죽어도 좋지

　　　　　　　　　　　　　—「비단뱀의 꿈」 전문


　"바위에 떨어진 파도"(「비단뱀의 꿈」)와 "바람이 즐기
는 씨앗"으로 유비된 '나'는 비단뱀을 전유하여 자신을
긍정하고자 한다. 구체적 형상을 지니지 않는 파도나 무
엇으로 자라날지 알 수는 없어도 어떤 가능성으로 충만
한 씨앗을 향한 동일시의 믿음은 그것이 지닌 내적인 역
동성으로 말미암아 다른 무언가를 기대하게 한다. 이는
"바닥을 몰라/바닥을 말하는 사람들"의 허위와 기만을

타기하고 결핍의 고착을 무화시켜 '나'의 삶을 재구성하도록 만든다. 물론 이는 "아무렇게나 태어난 다음 견뎌"낸 시간을 귀속될 수 없는 꿈의 양태로 만들지도 모르지만, 그리하여 "허물을 벗어도 나는 아무것도 되지 않"는다는 절망의 정동에 휩싸이게 할지도 모르지만, 그 모든 "구렁"을 아늑함으로 포용하여 "다시 나"를 재정립하는 데 유용한 가치로 작용한다. 당연하게도 그러한 유용성이 반드시 명료한 주체로 가시화되거나 강렬한 파토스로 승화될 것은 아니겠으나 "꽁초를 주워 피워도/빛이 없고 적이 없고//여기 그냥 있기 위해 사는 사람"의 양태로 '나'의 위치를 새롭게 만들 것이라는 점은 분명하다.

시인은 결핍이라는 정동을 존재론적인 상태의 결여로 삼아 그 공백을 채우기 위해 부단히 무엇인가를 행하며 매달릴 필요가 없다는 것을 강조한다. "또 한 번 아니라는 것을 알아 버린" 채 "뒷걸음질 치는 어둠에 취"하더라도, 그리하여 "외롭고 춥고 배고파서/다음 생엔//뿌리 깊은 나무로 태어나고 싶"다고 말하며 "이대로 죽어도 좋"다고 하더라도, 그 죽음은 기실 삶의 다른 맥락을 만들어 내는 상징적 죽음으로 기능한다. 그것은 존재의 결여를 추동하는 비어 있는 현실의 공허함에 대한 저항이자 "찬연히 들어와/처연히 퇴장하는"(「목련」) 삶을

"날마다 누추해지는 방종"(「묵호에서」)이라는 부정의 한 과잉의 상태로 몰아가지 않으려는 시적 위무라 할 수 있다.

이처럼 김려 시인이 묘파하고 있는 시적 정황은 존재의 전락에 기반해 있는 것이 시 실이나. 그럼에도 이를 절망의 심연으로 가라앉지 않게 하는 것은 그 모든 것을 감당하고 견뎌 내면서 그 안에 깃들어 있는 아픔에 존재가 손상되는 것을 거부하는 시인의 시적 태도에 있다. "나비를 기다리는 마음으로" "사이좋게/오아시스를 나눠 갖고" 그곳에서 함께 "웃고 뒹굴"(「곁눈질」)거리는 순간을 맞이할 수 있으리라는 시인의 믿음은 부정한 세계와 관계들을 회피하지 않고 견뎌 온 시적 주체의 힘을 기반으로 시집 『장미와 나르시스와 전지가위』를 단단하게 지탱한다.

하지만 자칫 잘못하면 시집에 깃든 위안을 간과하고 "왜 얘는 꽃이 안 피나 얘는 왜 꽃을 안 피우나 어째서 얘는 꽃도 못 피우나"(「장미와 나르시스와 전지가위」)라며 존재를 인정하지 않는 폭력에 짓눌릴 위험이 내재해 있는 것도 사실이다. 그만큼 김려 시인의 상징적 이미지가 드러내는 결핍된 삶의 층위가 결여된 존재의 상실감과 맞물려 쉽사리 지워지지 않는 부조리를 가시화하고 있기 때문일 것이다. 그런 이유로 김려 시인이 시적 언어로 펼쳐 낸 바를 깊이 있게 사유하고 완성해 가는 일은 결국 우리 삶의 과정에서 이루어지는 것임을 깨달을 필요가 있다. 결여의 정동을 나르시스적 애착의 거짓된 이미지로 향유하지 않기 위해서라도 말이다.

장미와 나르시스와 전지가위

2025년 12월 15일 1판 1쇄 펴냄

| | |
|---|---|
| 지은이 | 김려 |
| 펴낸이 | 김성규 |
| 편집 | 조혜주 최주연 권은하 한도연 |
| 디자인 | 신혜연 |
| 펴낸곳 | 걷는사람 |
| 주소 | 경기도 용인시 기흥구 동백중앙로 358-6, 7층 (본사) |
| | 서울 마포구 월드컵로16길 51 서교자이빌 304호 (지사) |
| 전화 | 031 281 2602 / 02 323 2602 |
| 팩스 | 02 323 2603 |
| 등록 | 2016년 11월 18일 제25100-2016-000083호 |

ISBN 979-11-7501-046-8 04810

ISBN 979-11-89128-01-2 (세트)

* 이 책은 경상남도 경남문화예술진흥원의 문화예술지원을 보조받아 발간되었습니다.
* 이 책 내용의 전부 또는 일부를 재사용하려면 반드시 지은이와 출판사의 동의를 얻어야 합니다.
* 잘못된 책은 교환해 드립니다.